KB206952

양선주 시집

열렬한 심혈관

열렬한 심혈관

인쇄 · 2025년 4월 5일 | 발행 · 2025년 4월 10일

지은이 · 양선주
펴낸이 · 한봉숙
펴낸곳 · 푸른사상사

주간 · 맹문재 | 편집 · 지순이, 김수란, 노현정 | 마케팅 · 한정규
등록 · 1999년 7월 8일 제2-2876호
주소 · 경기도 파주시 회동길 337-16(서패동 470-6) 푸른사상사
대표전화 · 031) 955-9111(2) | 팩스 · 031) 955-9114
이메일 · prun21c@hanmail.net
홈페이지 · http://www.prun21c.com

ⓒ 양선주, 2025

ISBN 979-11-308-2236-5 03810
값 12,000원

• 저자와의 합의에 의해 인지는 생략합니다.
• 이 도서의 전부 또는 일부 내용을 재사용하려면 사전에 저작권자와 푸른사상사의 서면에 의한 동의를 받아야 합니다.
• 이 도서의 표지와 본문 레이아웃 디자인에 대한 권리는 푸른사상사에 있습니다.

푸른사상 시선
203

열렬한 심혈관

양선주 시집

| 시인의 말 |

세상의 정물을
움직이려고 한다
불구하고
사랑할 수밖에 없는
정물 앞에
나는 또 언어의 힘을 믿는다
나의 말이
너를 껴안는다

2025년 햇봄
양선주

| 차례 |

제2부 채워지기 위해

제3부 진지한 말

제4부 시화집

제1부

우리들의 포옹

땅콩 껍질

서로 부벼대다
지문까지 떨어져 나간다

부스러기 손금을 보며

너는 내 거
나는 네 거

한 사람의 짓거리가 날아간다

손바닥 위
홀로 남은 서로의 몸짓

가벼울까
가여울까
망설이는 사이

흔적 낀
쓸개의 잎
찬 입김에 날아간다

소녀와 안내견

신분당선 열차가 들어옵니다

소녀의 두 눈동자
얼른 두 귀를 연다

한 마리는 벌떡 일어나
무릎 옆으로 바짝 붙는다

찰나의 틈
소녀는 목줄을 당긴다

한 마리의 둘레 앞
지하철이 멈춘다

스크린 도어 활짝 열린다

사랑하는 사람
큰 마리

열차 속으로
한 사람의 거대한 사랑
들어간다

이방인

염산 같은 겨울 입김과 나는 다르다
혼자와 텅 빈 가방과 나도 다르다

바람이 언다
딱딱한 길과 빙초산 공기는 썩 어울린다

막다른 골목
벽과 담벽은 붙잡힌다

안개의 집은 어디인지

구름 한 마리
이동의 각도를 펴다 접는다

날개와 나는 관계가 적다

너의 이곳인가
적막은 구석에서 홀로 묶인다

약국 문 침묵을 닫는다
독일빵집 텅 빈 빵은 그대로다

통유리 앞에 서서
적도의 밤
명치 끝까지 올려 채운다

긴 새벽녘
메아리와 오그라든 등뼈는 하나다

삐걱거리는 대문
냄새의 걸음들 몰려나온다

권총 같은 새 한 마리
빈 가슴에 장착한다

유림빌라 203호

벽과 냉장고 사이
전류와 적막 사이
사람의 진동은 검다

낡은 식탁과 삐걱거리는 의자의 거리는 퍼렇다
생선 비린내와 엉덩이 자국은 오래도록 자정이다

방으로 흐르는 뇌하수체의 색깔
청춘이다
매춘이다

밤은 강렬한 전선이다

벽지에 갇힌 사각의 무늬

고양이는 목을 돌려
목줄을 휘감고

빈 방에서
텅 빈 방으로
숨죽인 발소리 날아다닌다

창밖
네온사인 찬란하게 떨어진다

창문은 뒷모습을 지킨 채

냉장고 혼자

외투를 입는다
외투를 벗는다

흰

성수대교 또 페허가 날린다
눈 위로

가만히
물을 벗는 소리 바라본다

살아서 떨어지는 깃

단 한 번 푸덕거리기 위한
무한의 날갯짓

죽으려는 깃
죽지 않으려는 깃
쌓이려는 깃
묻히려는 깃

만질 수 없는 것들이 나부낀다

가깝게
멀어지는 광경 바라보며

검은 목들이 일어서는 강
텅 빈 새 바라본다

좀 더 깊숙한 골목

두 여인이 걷는다

밤의 몰골은
성깔 낀 원숭이 같다

달은 없고
달은 깊다

담벽은 곧 무너질 자세로 버틴다
별은 지금 뚜렷한 흑점

적막은 돌멩이가 움켜쥔다

앞장서는 여인과 뒤따르는 여인
포옹의 기류는 멀다

찬 입김과 더운 입김
온도의 증오로 숨차게 맞붙는다

숨길 수 없는
길목의 끝

끝내 마주한 두 여인

앙상한 비닐문짝 같은
온몸

수억 개 돌들의 소리
문틈에서 너펄거린다

조용히 열리는 방
한 여인이 들어선다

낙엽

동물을 태우고 싶은 심정이다

축축한 길
피에 젖은 거웃이 들러붙는다

가로수 밑
나달거리는 허파로
따귀 맞는 뺨으로
나뒹군다

초겨울 저녁
청솔 목욕탕에서 쏟아져 나오는
열아홉 인영
스물하나 성은
스물 혜선
열일곱 진주
열다섯 수영

아스팔트 위
소녀의 뒤집힌 색깔들
까르르 까르르
몰려다닌다

해거름 속 이슬이 춤춘다

바퀴에 짓밟힌
나뭇가지

검은 살갗
한 잎 한 잎 일어선다

삐에로

흰 옷이 푸르다

잔주름 사이 숨은 색감이 흘러내린다

눈동자는 울면서 웃는다
물감의 맛은 달면서 짜다

밀랍 속 갇힌 얼굴
춤을 춘다

관객은 소금처럼
작게
뚜렷하고
크다

어둠은 온통 알알이 밀집하여

긴 조명 꼬리를 끌다
벽 빛에 붙잡힌다

떨리는
그림자의 발

불시에 박수가 꺼진다

도마뱀이 훑고 나간 자리
물오줌이 남는다

적막 속
왕왕

이명이 길어진다

호랑가시나무

몸통 한가운데 바짝 마른다

주인은 고개를 창밖으로 돌린다
루버셔터는 햇빛을 차단한다

바람의 목
문틈에서 삐걱거린다

주인은 나무의 몸통을 손아귀로 꼭 쥐고
데리고 왔다고 나무가 들리게 말한다

사람들 동시에 나무를 바라본다

비쩍 비틀리는 나무의 몸뚱이
주인의 얼굴을 찬찬히 훑어 내린다

모두들 가까이 다가가
꼼꼼히 들여다본다

이파리는 갈퀴를 닮고
발톱은 톱니를 닮아

앙상히 뒤틀리는 주인의 뼈대

벽 쪽으로 함께 돌아가는
주인의 깊숙한 심장

나는 정물이 아니다

테이블 위
사과가 있다

사과는 두 개가 아니다

사과 틈으로 한 개가 굴러간다

사과는 세 개가 아니다

다섯 개는 전혀 모른 채
탁자 정중앙에 붙들려 있다

몰래
하나로 뭉쳐 도망가다

한 개를 앞장세워
전부 붙들려온다

여기 한 알의 집단이 있다

움직이는 너를 한입 베어 문다

덜컥
테이블이 삐거덕거린다

아잔(Azan)*

또 노을의 냄새 울린다

방글라데시 창공
울음의 기도
길게 퍼진다

유황의 잔물결
정수리 위 모인다

흑보라 같은
갈매기 같은 어머니

사람 색깔이 타는 냄새인가

들것 메고
맨발로 걷는 사내들

마지막으로
들끓어 오르는
석양의 이마

심장에서 녹는 목소리
젖은 눈동자 울부짖는다

발목들의 먼지
한바탕
시끄러운 소요

그림자

아주 먼
수억 개의 색의 소리
뜨겁게 부둥켜 안는다

* 아잔(Azan) : 이슬람 성원에서 하루 다섯 번 울리는 기도의 종.

삼인행(三人行)

작은 아들
작은 아들
자꾸 부른다
아들은 성큼 성큼 앞장서다 장바구니 흔들며 뒤따르다
휑 사라지다 확 나타난다

석양녘
아들 정수리 꽃으로 피다
건물 그림자 사이로 지다
다시 초봄 훈김으로 탄다

집으로 가는 샛길
아기새 조그맣게 날아오다 아들 발목에 내려앉는다

작은 아들 작은 새 향해 툭툭 발길질한다
아기새 흙탕물 속 가늘게 서서
까맣고 짙은 눈동자 빠르게 깜빡거린다
아들의 눈동자는 뜨겁다

까만 것과 뜨거운 것이 만나
오래도록 싸운다
오래도록 다정하다

작은 아들에게 얼른 다가선다
아기새 다리 파랗게 떨린다

겨울의 끝볕
달걀 두 알 잘 익힐 듯하다

제2부

채워지기 위해

일어서는 여자

그녀가 무쇠 가위를 든다 재단을 한다
구석으로 물러나 앉는다
광폭의 천을 펼쳐 두 동강을 낸다 푸른 강이 갈라진다
파도가 부딪힌다
재단이 끝날 때까지 바다가 펼쳐진 방 가운데로 가지 못한다
두 발이 묶여 일어날 수 없다
그녀에게 가는 저 강으로 흘러가지 못한다

방바닥에 묶인 그녀 질질 엉덩이를 끌며 간다
문턱 넘어 부엌 바닥 하체를 밀며 간다
욕실 속 변기를 향해 엉덩이를 번쩍 일으킨다
조금씩 일어나는 그녀를 본다
일어서며 주저앉는 그녀를 본다
잽싸게 엉덩이 쳐들어 털썩 주저앉다 긴 팔 문고리 향해 뻗는다
두 짝의 눈알 부릅 일어선다

별

구십구 채
방 밖에 나와
문 밖을 기다린다

문 안으로 들어오는
누군가 기다리는
아흔아홉 개의
눈동자

걸음 멈춘
밤 속의 발톱
뾰족이 온몸 반짝인다

너는 날마다 새롭게 태어나지

아무도 몰래
단 한 개
똑 따서

문고리에 걸어둔다

백 개의 눈 속
뼛조각이
싱그럽게 빛난다

창녀들의 독서

탕 속
부드러운 어깨 드러낸 그녀
올올이 머리칼 감아올린 그녀
뜨거운 김 사이로 두꺼운 책 펼쳐든다
투명 비닐로 감싼 글자
젖지 않는 말들
그녀들의 속삭임 속 물방울 흘러내린다

발가벗은 몸으로 탕 가까이 다가선다
물의 가장자리 발끝 살짝 밀어 넣는다

열 손가락 모두 펼쳐
글자를 떠받든 그녀들의 미소
물 밑 너울거리는 매끈한 다리
헤엄치는 인어의 꼬리
은비늘 발목들 물결 속 춤춘다

뻣뻣하게 굳은 나의 허벅지

얼어붙은 온몸 숨죽여 숨을 쉰다

큰 너울 속
황홀한 인어들의 몸짓
파장 속 깊숙이 파고든다

그녀들의 축축한 말들
겨드랑이 감싸고 허리를 돌아
물결 휘감고 물 밖으로 새어 나간다

어젯밤 사내들에게 못다 한 몸의 언어
새벽녘까지 잠들지 못한 달의 눈

투명한 비닐 속 그녀들의 귓속말
흘러간다

발가벗은 혀
탕 밖으로 떠내려간다

은행나무

털어내기 직전 모든 것은 강렬하다

이름은 시퍼런 노랑
번짐의 집단

무리 지어 추방당한 아편쟁이처럼

거리를 온통 뒤집기 전
나뭇가지는 텅 비워진다

한 계절 모든 시위가 끝나갈 때

나부끼는 눈발
앙상한 뼈대의 시작을 알린다

너의 전설
황금털 늑대의 생애를 믿는다

갈기로 남아
마지막으로 버틸 목숨나무

무작정 내달리는 마을버스
모두 떠나는 이 자리

폭발은 폭발로 지워지고

휘발유 한 통을 마신 것처럼
너는 샛노랗게 춥다

흰 바다가 불러

아버지는 하루 묵은 할머니 제사 음식을 드신다
약과와 절편과 꾸덕한 조기를
자분자분 씹어 삼킨다
낡은 흙벽에서 잘 마른 개미 냄새가 난다
불빛이 말갛게 떠는 밤이다

어머니는 곁눈질로
아버지의 뒤늦은 끼니를 살핀다
엇박자로 돌아가는 재봉틀
어머니의 가는 발목 쉴 새 없이 발판을 구른다

식초 같은 새벽녘
아버지는 말쑥한 검은 구두를 신고
문이 닫힌다

흰 파도를 배고 잠이 든 겐가

어머니는 깊은 바다 속으로 침몰한다
누구를 만나러 가는 중인지
눈동자 가득 찬 물결
재봉틀 소리 혼자서 날아간다

쉬었다 굴려도 된다
쉬었다 날아도 된다

갈매기처럼 아버지의 곱슬머리

잠든 재봉틀 위
살며시 내려 앉는다

호랑가시나무

다 타버린 칼날을 떨군다

나무기둥은 유연한 막대로 선다
등 뒤
흰벽을 부드럽게 만든다

칼날 박힌 벽이 바라본다
너는 시선을 돌린다

암막 커튼 강력한 볕을 차단한다
벽시계가 간다
스피커 음향 반 바퀴 돈다

이파리는 주변을 둥글게 만든다
떠다니게 만든다

음악이 멈춰 일어서는 것이 아니다
밀려오는 네게 다가가는 중이다

비늘이 하늘거린다
물의 발톱이 자란다

가시를 움켜쥔 손가락 청빛 물살에 퍼진다
이파리가 부글부글 부풀어 오른다

너는 이파리를 부드러운 물고기로 키운다

나래수선집 부부

별안간 아내가 죽었어

일을 마치고
부부는 마주 앉아
저녁으로 막걸리 한 잔씩 비우고
나란히 잠이 들었다 한다
아침 아내를 뒤흔들어 깨워도 안 일어나
그대로 하늘로 갔다고
아저씨는 공손하게 말한다

살며시 미닫이문을 밀고 나선다

늦겨울
눈발이 두 알씩 흩날린다
돌아가는 길목이 혼자 멀리 간다

언젠가 저물녘
실밥 터진 바지를 들고 들어섰다

아내는 치킨 한 상자 다리미판 끝에 두고
남편의 박음질이 끝나기를 조용히 바라본다
푸른 눈길의 고요
깊숙한 곳
따뜻한 물길에 젖어
바닷물 온기가 수선집 가득 데운다

미닫이문 끝까지 닫고 걷는다

숨이 차오르지 않는 오르막

두 날개의 겹으로 부딪히는 파도 소리
귓속을 뜨겁게 식힌다

부재

사과라고 말하는 순간
사과를 빼앗겼다

그 방에다
텅 빈 사과를 굴려 보낸다

아무도 없을 자리
모두 있을 빈 자리

한 소쿠리로 남자
간절한 기도가 깊이 담긴다

꼭 올 것이라 했던 주인

텅텅
방바닥 가득 응달이 차오른다

바구니 속
두 다리 포개어 넣고
텅 빈 사과는 앉아 있다

가득 찬 주인
자꾸 커지는 틈에서

음력의 빨간 숫자
너를 크게 키운다

실비식당

차르르 발을 제치고 만삭의 여인 들어선다

초로의 곱사등이 주인
젖은 상추 물기를 턴다

석쇠를 뺀 숯불로 물방울이 튄다

동시에 마주친 네 개의 눈동자

만삭의 여인
뱃속 아기 두 손으로 받쳐들고
지글거리는 숯불 위 젖은 시선 떨군다

여인의 왼쪽 뺨
발그레 박힌 보조개 한껏 패인다

문 밖 눈발은 눈발끼리 나부댄다

건너편 테이블
사내들의 불판 위 여러 개의 살점들
고기 냄새 비릿하다

엉거주춤 물러서는 만삭의 뒤꿈치

곱사등이 주인
시뻘겋게 불탄 석쇠를 빼든다

왈칵 문발을 제친다

빈 하늘 속 눈발 무더기로 나부낀다

빈집

방은 벽이 전부다

벽은 굳은 혀가 전부다

혀는 귀를 막고 사람의 온도를 차단한다

느닷없는 비

옆집 양말 공장 기계 소음 무덥다

무호흡으로 버틴다

밀폐의 흔적

이야기를 나눈 소리 없다

없다로
오래 살았다

맨발이 사라진 발바닥

몇 개의 검은 전선 뽑혀져 나뒹군다

전부를 두고

소지품 들고 얼른 빠져나간다

복도 가득 검은 복종

뒤돌아 문고리 놓다

덜썩
뒷덜미를 잡힌다

절벽

기다리는 벽

허공도 구석이 있을까

낭떠러지의 끝
기다림 위에 선다

왜 섰냐고 묻거든
다음은 어딘가 물어라

저 밑
메아리가 올라온다

모를 곳에서
너의 등을 뚫어지게 바라본다

호랑가시나무 꼭대기에 매달린
한 잎의 가시

깎인 바위
대지 속 깊은 뿌리 받쳐든다

홀로 서서
바람소리 큰 귀를 잃는다

손등

온갖 주름이 몰린 돌

앙상한 자갈밭 자글거린다

뿌리 돋은 쭈글거리는 민낯처럼
돌부리 박힌 살가죽 메마르다

잿가루 버석거리는
주먹 쥐고

당신은 배시시 웃는다

저녁은 가늘고 묵색이다

닭뼈 같은 손가락 사이
계곡 물소리 흐른다

흘러가는 것이 버티는 것이지

돌멩이는 돌들에게
돌들은 돌덩이에게

한 움큼 허공을 움켜쥔
앙상한 손아귀

뼈의 굴곡 틈으로
빈 모래 새어 나온다

손바닥 크게 펼쳐
조막만 한 귤 한 알
꼭 쥐여준다

딱딱한 눈송이 가볍게 내려온다

가을 하늘 공활한데

나도 목줄로 목을 조이면 저럴까

맑은 생목이 흐른다

허나 적기를 꽂은 닭벼슬 같은

구름의 모양은 숨기자

뒷골목이 좋을까
신명마켓 구석이 좋으려나

빛으로 나가려면

알몸을 빨아 말리면 되는지
내장을 거꾸로 매달아본다

저것 봐
나의 할 일은 지워진 것을 찾는 것

무작정 뛰쳐나간다

깨끗한 아버지가
말간 목청으로 부른다

무진장
후미진 구석

숨어 있는
음지 두 뼘
모조리 걷어올려 탈탈
털어낸다

제3부

진지한 말

설국

입도 없고 귀도 없고
입도 있고 귀도 있고

너른
사각의 눈밭 위

무쇠 전차에 짓밟힌

가슴뼈가 갈라지는
한 길
끝 간 데 없이 뻗는다

시라는 것

부부싸움 끝에

패배는 떠났다

진종일

허공에 붙잡혀 있다

무작정 따라

발걸음이 간다

벗어날수록 비좁아지는 길

붉은 신호등 앞

거기

위험한 신체를 세운다

몸은 동시에

문 밖

두 눈알 흔들어 몹시 깨운다
하늘의 두상이 흘러간다

구름은
쓸모로움을 꽉 뭉친다

장대비

검은 악마 검은 악마 퍼붓는다

나와
남동생과
손에 쥔 땅콩은
영안실 밖
까마귀의 대낮을 바라본다

쉴 새 없는 고함이 쏟아진다

땅콩 껍질이 축축이 젖는다

말끔한 검은 복장의 사람들
시체 옆
잠깐 머물다 얼른 빠져나간다

나와

남동생과

손이 쥔 흐물거리는 땅콩은

검은 진물이다

오물이다

문틈으로 육개장 냄새 새어든다

귀신들의 굵은 목청

손뼉 소리 손뼉 소리 들이붓는다

땡볕

열렬한 심혈관

뜨거운 개인을 태운다

수억 개의 뙤약볕
집단적으로 작열한다

빛의 뿌리 깊숙이 달궈진다

백색 공포에 뛰어들어야 한다

에코백 말아 쥐고
길바닥 음지를 찾는다

마을버스 구석에 낀
암청의 응달 점점 비좁아진다

아스팔트 속
팽팽한 백발이 증발한다

앞선다는 것은 지킨다는 것

햇빛은
흰 칼만 휘두른다

열기 속
아무렇게나 걷다
두 다리 던져버릴까

빵빵
클랙슨 울린다

재봉틀

독(獨)

고딕의 두상

굳은 턱
바늘을 꿰자 심장이 박동한다

점점 빠르게
검은 흉상
밤 사막을 달린다

전갈자리 밑
갈기가 휘날리는 말발굽 소리

어머니의 깊숙한 허기

문짝은
힘 닿는 곳까지 삐걱거린다

초승달
쇄골을 움푹 파고

두 팔 잃은 불가사의

밤새
촘촘히 몸통을 꿰맨다

호랑가시나무

뼈대가 말라간다
화분 속 나무의 걸음이 멈춘다

다가가는 주인의 등뼈
뒤틀어진다

텅 빈 벽
햇볕은 강렬하다

걸음이 멈춘 나무
다가선 등뼈와 마주한다

가만히 서로를 보내는 중이다

블라인드 밖
어둡고 창백해진다

멈춘 사람
목부터 복숭아뼈까지 바짝 마른다

여기저기 가시가 시든
걷는 나무

다음에 만날 서로를 껴안는 중이다

주인의 눈동자 속
검은 잎들이 떨어진다

휑뎅그렁한

화분은
텅 빈 몸통 바라본다

석양 아빠

트럭에 치여
얼굴 조각 날아간다

오른쪽 눈자위 두 뺨가량
뻥 뚫린다

남은 것은 왼쪽 눈알 하나
바로 위
흰 눈썹 두 가닥 솟은 짐승 같은 검은 눈썹
주저앉은 코뼈
그 밑
엊그제 새로 끼워드린 미제 틀니가
환하게 웃드라

두 어깨 부여잡고
서울 외숙이 깊숙한 눈동자로 읊조린다

조각난 메아리가 퍼진다
마을버스 531번 빠르게 내달린다

오른쪽 동공
풀섶 배꼽에 박혔을까

서산 해미고개의 서녘
노을은 구멍이 뚫린다

일몰
쓸개 조각 매캐하게 태운다

이드(Eid)*

흥건하라
질편하라

피의 외침들
짐승의 끝 깊숙이 찌른다
골목의 폭동 요동치는 내장의 비명들

심장을 앞세워 걷는다
초점이 감기는 눈빛
땅바닥에 짓이겨진 살아 있는 눈동자
핏길 위 짓밟힌 탯줄의 심지

막다른 길목
상반신 뒤틀어 오금을 움켜쥔다
주저앉아 그들의 이름 선명히 부른다

하나, 드러누운 소
둘, 고함 속 던져진 소
셋, 자궁이 터진 소

셋 옆, 터져버린 핏덩이
넷, 벗겨진 가죽이 너덜거리는 소
다섯, 두 눈 부릅뜬 소
여섯, 생생한 소
일곱, 뜨거운 소
여덟, 불같이 우는 소
아홉, 피처럼 껄껄거리는 소
열, 계속해서 울부짖는 소
열 하나, 한 번 더 패배한 소
하나, 끝없이 피바닥을 삼키는 소
또 하나, 핏물 고인 눈동자가 멈춘 소

거기쯤 몸뚱이 버려둔다
긴 길목이 달린다
계속해서 골목이 골목을 빠져나간다

* 이드(Eid) : 방글라데시 최대 명절. 기르던 소를 직접 잡아 다 함께 나누어 먹는다.

바이-바이

1

문을 닫는다
현관 철문이 떠난다

컴컴한 백지
벽은 귀를 잃는다

아파트 복도 가득
침묵은 유령이다

흑청의 공기
피혁 같은 적막

왼쪽 구두
바짝 마른 모래 짓이긴다

2

암막 커튼 친 대낮

오래도록 놀이터는 놀이터다

시끄럽고
육중하고
깊숙한 쇄골 숨소리 빼앗긴다

우두커니 멈춘 식탁

창틀에 낀
석양녘
몹시 떨리는 어린 새 눈매

몽땅 주저앉다

움푹한 소파
두 눈의 엉덩이와 마주친다

봄날

회갈색 후드 티 멀리 간다

깃털이 부풀어 오른다

한 사람 곁
붉은 신호등
목소리의 온기 잡아줜다

다급한 걸음
정각이 온다

사람들은 큰 가방을 멘다

나무는
그림자의 무거운 떨림을 바라본다

갈림길
꽉 막힌 벽돌담의 냄새

무생물과 생물이 엮인다
제때 헤어지는 지금

편의점 구석
뒤뚱뒤뚱 작아지는 소리 들린다

햇볕은 한 구멍
구름의 어두운 동작 닫아버린다

건널목
방향은 서로가 서로를 향한다

마지막으로 먹은 쌀국수
박하처럼
화화화 흩날린다

나의 정물

사과와 사과 사이에 엉덩이가 있다

퇴색의 뺨과 윤기의 뺨 사이 식탁보 흘러내린다

둥글고 흰 어깨는 감춘다

서녘은 빛을 차단한다

시들기 전 붉어질 것

싱싱한 물감으로 알몸을 색칠한다

달아오르는 몸
발간 몸짓

벽은 마지막까지 배경이다 관람객이다

텅 빈 것들이 뚫어지게 응시한다

엉덩이 두 뺨 사이로 흘러가다
식탁 끝 멈춰 선다

둥근 탐닉을 빼앗기고 싶다

사과는
늙어가지 않는다

무덤

차가운 등

솟아오른 얼굴 바닥에 손바닥을 댄다

온기 더듬거리며
네가 누운 깊은 동굴 오래
더 깊이 들여다본다

숨소리 곳곳
왼팔 하나, 왼다리 한쪽, 빗장뼈 한 대
묻었지

풀이 일어난다
귀가 일어난다

두고 갈 것은 흑색으로 굴러다니는 콩팥이다
자갈 같은 피

너는 축축한 진흙이 춥다 하고
나는 긴 반성을 한다

다시 태어나
봉긋이 온도가 자랄 때까지

손등은 뼈를 향해 타들어간다

작은 발목이 날아간다

이장(移葬)

뼈다귀 위해
무덤 앞 모인 사람들

흙바람 모두의 입을 막는다
뙤약볕 매미가 맹렬하게 운다

억세게 뻗친 잡초
꽉 막힌 공기 텁텁한 시선들

인부 몇몇 흙더미 파헤친다
바짝 타들어간 장기

나는 서성거릴 곳 찾아 서성거린다

메마른 흙 속
굵직한 뼈대
발걸음 우뚝 세운다

당당히 구도 잡고 드러누운
뼈다귀의 길

길은 두고 몸뚱이는 어디로 갔는가

발소리 마지막으로 두고
황망히 사라진

파헤치기 멈춘 인부들
날카로운 뼛조각 들여다본다

석양은
뿌리 박힌
대지의 눈동자 모조리 불태운다

다시 묻을 건

자갈자갈 씹히는
노을녘뿐이다

제4부

시화집

숨은 얼굴 찾기

비/가는 비/길고 가는 비
담/벽돌 담/쇠창살 밑
보인다/안 보인다
두 뺨/보조개/떠날 눈동자
잠시/바라본/잠깐 마주친
비/굵은 비/마구 거센 비
목소리/이 목소리/아버지
어깨/검은 양복/흠뻑 비
창 틈/큰 벽/매우 담벼락
흔들리는 우산/잡고 싶은 비
하지만 비/졸졸졸/슬픈 목청
수챗구멍 따라/긴 아버지
흐른다/흘러가지 않는다
비/가는 비/계속 가는 비
못생긴 비/줄줄줄/그 귀
헝겊 같은 비

한 방울의 눈사람

맥박이 두근댄다

심장 가득 고요히 물이 돈다

늑골에서 울리는 텅 빈 메아리

석양은 제 몸 돌아 붉은 재로 타올라

검붉은 서녘
암모니아 냄새 길게 퍼진다

왼 발등 위
지글거리는 땅거미 올라와

무릎이 녹고
발목이 주저앉는다

저벅저벅 짓밟히는

몸뚱이의 울음
진흙 속으로 빨려든다

네가 지워질 때
물은 제 몸 돌아 싱싱한 빛으로 온다고

눈부신 눈발
나부낀다

석양의 큐비즘

붉은 심금 몰려온다
거대한 입술의 틈
물녘이 탄다

검붉은 머릿속
꽉 찬 뇌수

온몸은 고열 덩어리 거듭거듭 닳아진다

색깔이 뭉개지고 안개는 벽을 감춘다

젖은 기름 겨드랑이로 흘러든다
감기는 눈동자 속
단 하루의 사건

하늘의 먼 스승이 시들어간다

검은 증발 검은 증발
모두의 발이 사라진다

남은 것은
명치 끝에 붙은
너의 갈비뼈 너의 식도 너의 손톱

유족 없는 밤
해거름 속 처박힌다

내일 먹을 한 근의 살덩이 도려낸다

명우정육점에서
검은 봉지 900그램 들고 나온다

사과를 사랑해도 될까요

테이블 위 발그레한 얼굴을 굴린다

정수리에서 턱으로
옆모습과 뒷모습
비뚜름히 굴레가 굴러간다

어디로 갈 거니

햇빛 속
씨앗 박힌 두 쪽의 유방

달큰한 속살 감추고
흠집 사이
갈변의 즙 흘려보낸다

이리 와

모서리 멈춰 선 뒤통수
검은 가슴으로 굴러간다

벽과 마주친 초점
뚫어지게 벽 그림자 응시한다

두 손아귀 벌려
힘껏 움켜쥔다

소스라치는 온몸
먹음직스러운 색칠을 삼킨다

호랑가시나무의 여백

김치찌개 끓일 때 있었다 문턱 넘어 욕실로 갈 때 있었다 책상에 앉아 볼펜을 딱딱거릴 때 보고 있었다 책장 사이 글자가 숨쉴 때 옆에 있었다 이곳에 몸통이 마르고 잎들이 거무튀튀하다 보이지 않는다 검은 벽은 제 가슴을 채워 사라진다 김치찌개 끓이기 전으로 욕실 들어가기 전으로 소파가 있던 이 앞 베란다 문을 열기 전 창밖 환하게 바라본다 그 자리에 당신을 심는다 또 자랄 수 있다고

다시 백지를 꺼낸다 흰 벽은 빈 모습 활짝 펴 너를 세운다 한 번 더 태어난다

석양 유화

덩어리를 업고 걷는다 붉은 풀 서걱서걱 스민다
등짐이 운다 검은 바람이 분다 두 발목 오르막
오른다 덩어리는 흔들리다 색의 균형을 잡는다
등짐은 가만히 잠이 든다 다시 또 오르막 오른다
입술이 탄다 두 눈이 탄다 붉은 목 쩍쩍 갈라진다
불타는 두 개의 율동 그림자 뒷면 짙어진다
꼼지락거리는 발가락 색의 파괴가 일어난다
숨긴 동맥 끓어오른다 숨죽인 박동 불타오른다
사납게 내지르는 붉은 울음 두 발목 주저앉는다
등짐의 메마른 기침 가슴뼈를 울린다 두 손바닥
담벽 붙잡는다 휘청인다 녹아라 저녁이여 울어라
고동이여 덩어리 꿈틀대다 멈춘다 색의 농도
조금씩 흘러내린다 젖은 물감을 업고 어화둥둥
어화둥둥 색의 형체 서서히 침몰한다

사랑하는 등짐 물속 고요히 불탄다

대문 앞 크로키

새까만 침묵

쓱쓱

일필휘지로 긋는다

밤의 아우라가 생긴다

한 뭉텅이 자루가 우뚝 선다

그림자의 얼굴인가

기다리는 긴 목 자정에 붙잡힌다

날갯짓
흑청 밖으로 날아가고

밤새
철제대문 삐거덕거린다

동물 같은

어머니 주름 치마 펄럭인다

피카소가 그린 아들의 초상화

추운 청색의 표정들 몰려다닌다

길목 귀퉁이 소년들 뭉쳐 있다
침몰한 개미 떼의 얼굴로

밤은 쾌활하다
골목은 인생이 싫어진다

늦도록 아파트 주변을 맴도는 창백의 얼굴들

새벽 나무 따라
샛길을 배회한다

늦은 밤 목이 잘린 글자들
무수한 숫자

입술을 깨무는 훈련이 시작된다

철컥
혀는 자물통을 채운다

아침이 걸어오는 동안

베란다 문
쉬임 없이 열린다

정물 플랜 Z

흘러내리는 식탁보 위
두 알이 마주한다

한 알
꽃병 옆으로 굴러가다
거기
멈춘 몸이 달아오른다

창틀
새의 발톱 내려앉는다

나머지 한 알
햇빛 속 하얗게 익는다

모래시계
거꾸로 뒤집는다

한 알 사이

적요가 비친다

한 알의 붉은 통곡
그림자 뒤로 접힌다

테이블 입장에서

한 알은 계속 때깔로 격렬하는 중이다

석양을 각색하다

황량한 눈밭

앙상한 나뭇가지 걸어간다

눈부신 소리가 두 눈동자를 덮는다
백지의 무게가 입을 틀어막는다

대설이 대설을 뒤덮는다

푹푹 빠지는 두 다리
아버지는 혁명적으로 걸어간다

가지 끝에 매달린
붉은 목

검객의 빛
모조리 베어낸다

냄새만 남은 색깔의 녘

여기까지 걸어온
텅 빈 사람
끝내
벽에 건다

붉은 액자 서늘하게 지워진다

영암영안실
한 명의 아들이 걸어 나온다

벚꽃 데생

알몸의 잎

발가벗은 사내를 찾습니다

교정 안
창밖에서
계단에서

나무 다리 밑
코끼리의 포옹으로

안아주세요
안겨주세요

춤추는 나체
도망간 발레리노를 봤나요

백색의 팔들
흰 바람에 휘청인다

피폐는 순식간에 벌어진다

무수히 잘려 나간
발톱들

수억 개의 박수처럼 새하얗게 짓밟힌다

반쪽의 여인

석양 녘
왼뺨으로 붉음이 흘러내린다

짓무르는 눈알
레몬의 구멍과 같다

닫힌 창 밖
새는 운다

모조리 열린 그녀의 입구
보조개보다 깊숙한 우물

길게 비춘 녘의 빛
물의 심지를 태운다

아무도 몰래
구석구석 침입한 색소들

조용히 선을 넘어
오른 뺨으로 번진다

레몬 속
자궁의 둘레 환하게 불태운다

석양이 꺼진
얼굴

지금
빨간 레몬
조금씩 몸을 벌린다

정물을 움직이는 언어

김효숙

양선주 시인은 자신과 부단히 대화를 나눈다. 지난 과거를 현재로 만들고, 미래마저 다가올 현재로 만들면서 오직 현재성을 발언하는 일의 가능성을 열어나간다. 남다른 모색과 새로운 언어 실험으로 자신이 시 쓰기의 주체라는 점을 알린다. 시인은 정물을 움직이게 하는 어떤 힘의 작용점을『열렬한 심혈관』에 세심하게 담아낸다. 조용히 놓여 있는 정물, 정물 같은 사람들이 문득 깨어나 움직이는 순간을 써 나간다. 한 편 한 편 다면체 같은 면모를 지녔으면서, 한편에서는 신체의 눈으로 사물을 대하는 감각을, 다른 편에서는 마음의 눈으로 그것을 보는 감각을 발휘한다. 앞은 형상적 이미지를, 뒤는 이미지가 모호해지는 그 순간에 관념이 발생하는 시 언어라는 점에서 그러하다. 특히 입체주의 미술품을 보는 듯한 시에서는 평면의 화폭에 담긴 대상이 전체상이 아니라 부분들의 난립처럼 보인다. 이때는 전체상이 모호해지기 때문에 부분들을 통하여 시인의 의도를 짚어낼 수 있다.

언어예술인 시는 사물을 한눈에 보아낸 것처럼 온전한 이미지로 재현하는 것이 불가능하다. 양선주 시에는 변함없이 확고한 모습을 유지하는 사물의 한 부분이 있는가 하면, 시간이 진행하면서 변하는 사물들도 있다. 시인은 사물이 놓인 지점 또는 놓였던 지점을 시간 차로 보여주면서 그 존재감에 관하여 말을 한다. 그럴 때 우리는 입체주의 미술품 앞에 서 있는 듯한 착각 속에서 그 입체의 구성 요소들이 하나씩 살아나는 감각에 사로잡힌다. 시인이 현상적인 것으로부터 내적으로 천착해 들어가면서 중층의 사유를 펼치고 있어서다.

그래서이겠지만 양선주 시는 평면과 입체를 동시에 그려 넣은 그림을 보는 듯한 감각을 유발한다. 날렵한 비유와 행간 두기, 고딕과 아방가르드를 혼합한 이미지로 더 이상 긴 말을 하지 않겠노라는 자세를 보인다. 사물을 단순하게 배치한 듯한 형식을 지나 내용에 이르면 우리는 그 깊이감 앞에서 침묵하게 된다. 이 같은 감정은 몸-눈이 보는 사물, 그리고 마음-눈으로 직관하는 사물이 한 편의 시에 병렬적으로 담긴 데 원인이 있다. 이 점이 그의 시를 입체적이게 하고, 정물처럼 냉담해 보이는 인물들에게서 반어적으로 정감을 읽어내게 한다. 언어의 경제적 운용에 세심히 관여하는 양선주 시인은 최적의 묘사로 이 점을 달성한다.

우리가 쓰는 말이 우리 이전 사람들의 표현에서 비롯하는 점을 감안한다면, 시는 인간이 타자와 사물에 부여한 이름들과 움직임 · 감정 등을 음성기호나 문자기호로 표기한 것이다. 그런데 언어가 단지 의사소통을 위한 기호에 그친다면, 막스 피카르트가 『인간과 말』에서 염려했듯이 그것은 닳아지고, 수축되고, 침몰되고, 나아가 모든 침몰하는 것들을 자신 안에 담아 버릴지도 모른다.

절대성에 매몰되지 않고, 쓸모를 앞세우지도 않는 시 언어만이 부단히 다시 살아나는 능력을 그 내부에 지닌다. 시는 볼 수 없는 것을 만지고, 생각하고, 심지어 그것을 느끼게 하는 언어의 힘으로 모든 사물을 움직이게 한다. 양선주 시에서 살아 움직이는 정물들, 정물 같은 사람들, 결여된 듯 비어 있는 행간들에 채워 넣을 수 있는 것은 그 모든 가능성과 다양한 상상들이다. 이 일은 온전히 읽는 자의 기대 안에서 이루어진다. 세계와의 반립을 통하여 조용히 자기 자리를 찾아 나가는 양선주 시의 주체를 우리가 눈여겨 보는 이유다.

1. 관계 속에서 관계없음의 사건들

양선주의 시언어는 본연의 자연 상태에서 출발하지 않는다. 주변의 사물을 포착해내고, 우리가 생각하는 일반 범주의 인간관계를 낯설게 만들어놓는다. 「소녀와 안내견」에서 맹인 소녀의 두 눈이 되어준 안내견과의 관계만 보더라도 그렇다. 이 소녀는 활동이 원활하지 못하므로 정물처럼 보인다. 흔히 인간의 능력을 능가하는 안내견의 면모에 집중하기 쉽지만 이 시인은 다르다. 열차가 플랫폼으로 들어오는 짧은 순간의 정경을 묘파하면서 소녀의 두 눈동자(눈앞이 캄캄한 상태)와 두 귀(청각이 열린 상태)의 상호작용에 안내견의 행동을 결합한다. 빠르게 움직이는 세계 속에서 정물 같은 맹인 소녀가 안전하게 열차에 탑승하는 그 순간에 시인은 "거대한 사랑"을 보았다고 쓴다. 입체도형의 펼친그림을 보는 듯한 이 시를 필두로 이어지는 시에서도 정지된 화면 위의 정물 같은 존재와 그 정물을 둘러싼 세계에서 서로 겉도는 관계 속에서 관계없음의 관계들, 온전한 형상이 파괴된 듯한 상황에서의 파편들을 보여준다. 부분으로 이 세계의 진실을 들추려는 시인의 시도가 한순간의 섬광으로 나타나고, 위험하고 불온한 사건이나 극렬한 감정도 불완전한 구문으로 언표하면서 낯선 감정을 유발한다.

> 염산 같은 겨울 입김과 나는 다르다
> 혼자와 텅 빈 가방과 나도 다르다
>
> 바람이 언다
> 딱딱한 길과 빙초산 공기는 썩 어울린다

막다른 골목
벽과 담벽은 붙잡힌다

안개의 집은 어디인지

구름 한 마리
이동의 각도를 펴다 접는다

날개와 나는 관계가 적다

너의 이곳인가
적막은 구석에서 홀로 묶인다

약국 문 침묵을 닫는다
독일빵집 텅 빈 빵은 그대로다

통유리 앞에 서서
적도의 밤
명치 끝까지 올려 채운다

긴 새벽녘
메아리와 오그라든 등뼈는 하나다

삐걱거리는 대문
냄새의 걸음들 몰려나온다

권총 같은 새 한 마리
빈 가슴에 장착한다

—「이방인」 전문

이 세계의 방외자에게 '관계없음'의 항목들은 차고도 넘친다. 방황하는 자처럼 어느 골목에 내던져진 자는 자칭 "이방인"이다. 자신의 폐부에서 나오는 입김, 늘 몸에 지니고 다니는 가방, 들이마셔야만 살 수 있는 바람, 익숙한 길과 골목들까지가 온통 자신과 아무 관련이 없는 듯 무심해 보인다. 사물은 사물끼리 연합하여 화자를 냉혹하게 "막다른 골목"으로 몰아붙인다. 몸 둘 곳도 마음 둘 곳도 찾지 못한 그는 심지어 자신으로부터도 소외된 것 같다. 한입 베어 먹을 식욕조차 돌지 않는 빵이 있는 빵집, 몸이 아파 찾아가는 약국도 침묵에 싸여 있다. "적도의 밤"을 "명치 끝까지 올려 채"우는 것으로 보아 그의 몸과 마음은 지금 고열이 들끓는 상태이며, 이 세계가 자신의 아픔에 동참하지 않으므로 이 모든 통증을 홀로 감내해야 한다.

아픈 자에게 이 세계는 타자의 아픔에 무지한 자들의 집합소일지도 모른다. 고통은 언제나 자신을 소속으로 할 뿐, 이것을 자기화하는 공감을 타자에게는 기대하기 어렵다. "날개와 나는 관계가 적다"라고 할 만큼 그에게는 비상할 만한 여력이 없어 보인다. 그런데도 그는 어김없이 새벽 시간을 맞이하고, 이토록 길게 느껴지는 그 시간에 "새 한 마리"가 날아오르는 소망을 품어본다. 어제 출발한 메아리가 오늘에야 당도하고, 어제 구부러진 등을 곧추 펼 수 있는 날이 바로 오늘일 수 있다는 희망을 가져보는 이방인에게 하루의 단위는 그날의 고통만큼 주어진다. 객관 세계와 격리되어 나날이 주관 세계에서 바윗덩이를 굴려야 했던 시시포스가 그랬듯이 시적 화자에게 닥치는 하루의 시간에도 고통 그 자체의 무늬가 패턴처럼 박혀 있다. 자신이 누구인가라는 질문에 앞서는 것이 자신이 이 세계에 이방인처럼 존재한다는 사실이다.

날마다 새로이 이 세계에 던져지는 반복 패턴 속에서도 어제와 다른 새벽을 맞이하는 그가 바라는 것이 있다면 "권총 같은 새 한 마리"의 감각이다. 실존재에게 타자는 그가 기어이 적중하고 싶은 과녁 같은 것이지만 번번이 빗나가기에 다시금 "빈 가슴에 장착"해야 할 대상이다. 따라서 그가 그토록 갈망하는 비상의 꿈은 그가 품은 자유의지로 하여 그때마다 좌절되는 것이 아닐까. 자유를 갈망하므로 자유에 속박당하는 이치는 자유와 욕망이 그리는 무한 쌍곡선을 베낀 듯이 닮았다.

2. 움직이는 사물, 생각하는 사람

이 세계가 부단히 움직인다는 전제에서 자유로운 자는 아마 없을 것이다. 과학 현상을 빌려 말해보면, 지구는 스물네 시간 만에 스스로 한 바퀴를 돌아 제자리로 온다. 우리의 존재 조건도 이렇게 끊임없이 흔들리며, 이때 우리의 의식을 전방위로 흔드는 건, 시간의 흐름 속에서 고정불변의 것은 없다는 점이다. 정물이 움직이는 순간을 포착한 양선주의 시들은 그 작용점에 '시간'이 있음을 상기시킨다.

시인은 몇 편의 시에 사과를 등장시켜 고정된 것과 움직이는 것의 차이에 대한 사유로 이 세계의 본질을 꿰뚫는다. 정물들이 자신에 대하여 말해보라는 듯이 시인에게 말을 건넨다. 그래서 시인은 '정물'이라 써놓고 동물(動物 : 이 경우는 식물/동물의 이항 분류 방식이 아닌 '움직이는 사물'의 의미를 띰)처럼 그것이 움직이는 광경을 세밀히 묘사한다. 「나는 정물이 아니다」는 '사과'가 정물인 점에 의문을 갖게 하는 시다. 언뜻 읽으면 보이지 않는 손에 의해 다섯 개의 사과가 통제를 당하는 장면처럼 보인다. 끝까지 읽으면 테이블과 사과의 접촉면은 상상할 수 있으나 누군가의 손이 여기에 개입하고 있지는 않다. 결구에 이르러 시인이 "덜컥/테이블이 삐거덕거린다"라고 쓰지 않았더라면 사과를 움직인 동력이 테이블이라는 점을 결코 알 수 없었을 테다.

그런 점에서 사과는 온전히 사과일 수만은 없는 정체성으로도 읽힌다. 다섯 알의 사과가 삐딱선에 탑승한 인간의 조건처럼 불안정해 보이고, 흔들리는 조건에 갇혀 공동운명체가 된 사과가 인간 조건의 비유처럼 보인다. 그런데 굴러다니는 사과들에서 우리가 놓치지 말아야 할 것은 정작 사과가 아니다. 사과를 정물이라 하지 않은 이유가 여기에 있으며, 그것의 움직임을 통해서 시인은 인간이 감각하는 시간을 재현한다. 움직이는 화살로써만 시간 표현이 가능한 것처럼, 움직이는 사과로써만 시간 현상을 말할 수 있다. 이 시가 시간을 지각하는 방식에 관한 사유로 읽히는 건 그런 이유다.

같은 맥락으로 「정물 플랜 Z」를 읽으면 '알'의 존재 조건은 "흘러내리는 식탁보 위"다. 식탁보가 움직이는 정도에 따라 두 알의 행동반경에 변화가 생긴다. 식탁보에서 알로 전이하는 진동, 그리고 "모래시계"를 "거꾸로 뒤집"는 동작으로 시간의 흐름을 표명하는 시현실에서 어느 "한 알의 붉은 통곡"도 이 같은 시간의 범주에 있다. 따라서 "테이블 입장"이란 것도 따지고 보면 움직이는 식탁보가 이것을 시간의 지배를 받지 않는 고정된 정물에서 움직이는 사물로 만든 것이다. 정지된 사물에서는 시간을 느낄 수 없는 반면에 움직이는 사물은 시간의 어느 지점을 고지한다. 우리의 생각 바깥에서 우리가 모르는 우주적 사건들이 쉼 없이 일어나고 있다는 증표로 이 정물의 움직임을 직관하는 읽기도 가능하다.

「나의 정물」도 사과가 있는 정물을 메타적으로 시화한다. 여기서도 식탁보는 여전히 흘러내리면서 시간의 어느 지점을 표시한다. 정물은 살아 있는 듯 움직이고, 배경이자 관람

객인 벽은 엉덩이 모양의 사과를 "뚫어지게 응시한다." "늙어 가지 않는" 자세로 "발간 몸짓"을 보여주는 사과에게 마음을 빼앗긴 자는 "둥근 탐닉을 빼앗기고 싶"은 사과의 마음에 반응한다. 이렇듯 시인에게 모든 정물은 서로 바라봄의 대상으로서 유정물화하는 과정에 있으며, 시간 표상의 지표라 할 수 있다. 그렇다면 시인은 자기 언어가 사물의 언어라는 점을 체화한 자가 아닐까. 그에게는 시 쓰기가 사물이 본래 지니고 있던 객관적 언어를 길어 올려 주관으로 바꾸는 일일지도 모른다.

시인은 이제 발음하는 순간 소멸하는 언어를 말하면서 "사과라고 말하는 순간/사과를 빼앗겼다"라고 쓴다. 시간이 진행하는 동안 미끄러져 소멸하는 언어인 '사과'를 발화 과정에 놓인 시간 표상으로 읽어도 좋을 듯하다. 그러므로 "텅 빈 사과"는 텅 빈 말과 등가다. 있으나 없고, 없으나 있는 말은 "간절한 기도"(「부재」)가 되기도 하고, 응달처럼 캄캄한 자리를 넓히는 사물로 보이기도 한다. 사물인 언어에는 감정이 실리지 않아서 본성 그대로 냉담하고 텅 빈 기호에 불과하다. 사과의 부재를 말하는 이 시에서 사과는 시간이 빼앗아간 언어 기호, 의미 없이 텅 빈 사물로 보인다.

흥미롭게도, 움직임이 없는 식물에다 걷는 동작을 부여한 시가 이 시집에는 "호랑가시나무"라는 제목으로 네 편이 실려 있다. 화자의 시선을 따라가보면 그가 얼마나 세심하게 시적인 순간을 포착하는지를 알 수 있다. 변주되는 이야기에서 시인은 호랑가시나무의 생애 중 일부를 만남과 이별의 형식으로 발화한다. 1부에서는 "비쩍 비틀리는 나무의 몸뚱이"와 "앙상히 뒤틀리는 주인의 뼈대"가 닮아 보이는 입양 장면이 펼쳐진다. 자신과 닮은 나무를 집으로 데려온 주인과 나무를 번갈아 바라보는 주변 사람들 틈에서 이 나무는 입양아처럼 까칠한 모습으로 첫 등장을 한다. "루버셔터"가 "햇빛을 차단"하는 실내 환경은 2부에서 "암막 커튼"이 햇볕을 차단하는 상황으로, 3부에서는 "블라인드"가 드리워진 상황으로 변주된다. 갈퀴 같고 톱니 같은 이파리를 가진 이 식물이 주인의 메마른 외양과 주변 인물들의 무관심의 표상으로 등장하는 1부를 지나 2부에 이르면, 나무가 바라보건대 전쟁 같은 갈등 상황이 집안에서 펼쳐진다. 가시 돋은 호랑가시나무의 이파리를 손에 움켜쥘 정도로 극렬한 어떤 분노, 그럼에도 그 이파리를 물고기처럼 키우려는 '너'를 통하여 시인은 갈등이 종결되는 상황에서 파국은 아닌 다른 삶이 이어지는 것을 예감케 한다.

하지만 3부에서 이별의 형식으로 진행된 나무 이식 행사 후의 분위기를 시인은 "휑뎅그렁한"이라고 쓴다. 화분에 심어 이리저리 옮기면서 "걷는 나무"라는 애칭을 부여했으나, 햇볕과 바람이 차단된 환경에 처하게 된다. 그 와중에 급기야 시들어버린 나무, 그간에 화자를 '생각하는 사람'으로 만들어준 나무와의 이별식에서 "서로를 껴안는" 행위만으로 모든 것이 아름다운 형식으로 종결된 것은 아니다. 화분 속에서 멈춘 생명이 부활할 수 있다는 기대는 아래 시에서처럼 "창밖 환하게" 바라보이는 그 자리에 나무를 이식하면서부터 품게 된 것이다.

> 김치찌개 끓일 때 있었다 문턱 넘어 욕실로 갈 때 있었다 책상에 앉아 볼펜을 딱딱거릴 때 보고 있었다 책장 사이 글자가 숨쉴 때 옆에 있었다 이곳에 몸통이 마르고 잎들이 거무튀튀하다 보이지 않는다 검은 벽은 제 가슴을 채워 사라진다 김치찌개 끓이기 전으로 욕실 들어가기 전으로 소파가 있던 이 앞 베란다 문을 열기 전 창밖 환하게 바라본다 그 자리에 당신을 심는다 또 자랄 수 있다고
>
> 다시 백지를 꺼낸다 흰 벽은 빈 모습 활짝 펴 너를 세운다 한 번 더 태어난다
>
> —「호랑가시나무의 여백」 전문(4부)

죽음의 공간을 떠났으므로 다시 살아나야 할 나무를 위하여, 있었던 나무가 다시 새롭게 여기에 있게 하기 위하여 그것을 이식해놓은 장면이다. 시인은 이제 비로소 시를 쓴다. 흰 벽 앞에 선 "몸통이 마르고 잎들이/거무튀튀"한 나무를 백지 위에 다시 살려낸다. 생각하는 자가 글쓰기 수행의 주체로 거듭나는 순간처럼 나무도 자신의 자리가 환해지는 시간

을 기다려왔다. 이 순간 창밖에 서 있는 나무는 시인이 "당신"이라 부르는 뮤즈로 갱생한다. "한 번 더 태어난" 나무는 흰 벽 앞에 우뚝 선 모습으로 그에게 온다. 나무와의 만남에서 이별까지, 그리고 다시 만나는 그 순간까지를 복기하면서 시인도 지금 다시 태어난다. 생명 하나를 사물로 만들어 버린 부주의 뒤에야 거기에 숨을 불어넣으며 소생을 꿈꾸는 지금 그는 오직 시를 씀으로써만 시인이 된다.

3. 부분으로 전체를 말하는 방식

양선주 시인은 자타 간 분열을 조장하는 항목들에 대한 사유를 거쳐 나오면서 감정을 잘 관리하고 처리한다. 일견 차분해 보이는 어조가 매우 절제된 비유법의 효과인 점을 볼 때 감정을 노골화하지 않으면서 내면의 깊이를 추구하는 시인임을 알 수 있다. 그런데 "동물을 태우고 싶"을 만큼 격렬한 감정의 주체에게서 우리가 읽는 것은 어떤 폭력의 징후들이다. 시현실에서 추정할 수 있는 관계는 10대 중반부터 20대 초반까지의 여자들 다섯 명과 "피에 젖은 거웃이 들러붙는"(「낙엽」) 익명의 엮임이며, 여기서 씻어도 씻을 수 없는 정신적 외상이 읽힌다. 화자가 동물이라 부르는 폭력 주체는 노출되지 않으나, 한 잎의 낙엽처럼 또는 나뭇가지처럼 짓밟힌 여자들의 극에 달한 분노가 차츰 결기를 띠는 모습에서 반항의 자세를 엿볼 수 있다. 바닥에 붙어 있던 젖은 낙엽이 조용히 몸을 일으키는 장면에서 보듯이 시인은 작은 부분으로 더 큰 세계를 제유한다. 부분은 전체를 암시하고, 전체는 부분을 포괄한다. 전체는 비가시적이어서 시인은 가시적인 부분의 힘을 빌려 보이지 않는 세계의 진실로 다가간다. 아래 시에서도 시인은 재봉틀이라는 작은 도구로 광폭의 상상력을 펼친다.

독(獨)

고딕의 두상

굳은 턱
바늘을 꿰자 심장이 박동한다

점점 빠르게
검은 흉상
밤 사막을 달린다

전갈자리 밑
갈기가 휘날리는 말발굽 소리

어머니의 깊숙한 허기

문짝은

힘 닿는 곳까지 삐걱거린다

초승달
쇄골을 움푹 파고

두 팔 잃은 불가사의

밤새
촘촘히 몸통을 꿰맨다

—「재봉틀」 전문

"독(獨)"[홀로 독, 외로울 독, 짐승 이름 독]이 엄연히 하나의 상형(象形)으로 서 있다. 사물을 묘사하는 이 시에서 그림과 사물의 경계는 사라진다. 우리는 재봉틀이 놓인 정물화를 보는 듯한 감각에 사로잡힌다. 이 형상의 좌부에 놓인 큰개견(犭)은 사람의 몸통처럼 보이고, 우부에는 위에서부터 아래로 재봉틀의 머리, 걸침 판, 다리의 형체가 이어진다. 이렇게 독(獨)의 외관을 훑고 나면 뒤로 이어지는 묘사에서 시인이 추구하는 감각적 세계의 진상이 차츰 드러나기 시작한다. 재봉틀의 해부도에 어머니의 밤 시간을 그려 넣은 듯한 장면을 통하여 당신의 "깊숙한 허기"가 무엇인지를 추궁하고 있다. "고딕의 두상", "굳은 턱", "검은 흉상"의 이미지에 "갈기가 휘날리는 말발굽 소리"를 더하여 공감각을 발휘하면서 어머니의 허기가 무엇에 기인하는지를 묻는다.

시를 조금 더 세밀히 읽으면, 1연부터 3연까지는 연결되지 않는 신체 부위들이 제각기 놓여 있는 듯하면서도 하나의 유기체를 이룬다. 4연과 5연은 말 한 마리가 밤의 사막을 박차고 나가 우주까지 치달린다. 하지만 제아무리 능숙한 재봉질의 달인이라 할지라도 늘 삐걱거리는 현실의 출구를 벗어날 방도란 것은 달리 없어 보인다. "고딕의 두상"인 재봉틀의 머리에 어머니가 이마를 맞대는 현실에서는 밤을 지새우며 재봉질을 하는 작업이 결국 자신의 "몸통을 꿰"매는 성실의 표지에 묶인 격이 되고 만다. 그래서 그것이 당신에게는 매우 아픈 상처의 박음질이라는 사실을 이 시는 전한다.

시인은 지난 시대의 어머니에게 야간의 생업을 가능케 했던 재봉틀과의 관계로 부분과 전체의 조화로움을 사유한다. 이 도구가 입체주의자들의 그림에 등장하는 사물처럼 놓여 있어서 낯선 감각을 안기지만, 이것을 지난 시대의 유물로 아는 이에게는 자칫 구태의연한 감을 안길 수도 있다. 하지만 시인은 과거의 사물에도 현재적 관점을 입혀 새로운 언어를 고안하면서 날렵한 상황 묘사로 그 구습을 벗어난다. 위의 시에서도 떨어져 나앉은 듯한 조각들이 사실상 유기적 연관성을 상상하기 좋게 배치되어 있다. 입체주의자들이 그런 것처럼 시인도 재봉틀에 관한 기억을 갖고 있다면 이 조각들로 하여 재봉틀을 쉬이 연상할 수 있게 감각을 발휘한다. 조각들로만 구성되어 있다 하더라도 이것이 익숙한 사물일 때는 그 전체상에 포함된 조각의 이미지라는 점을 조화롭게 상상할 수 있다.

양선주 시인은 언어응용학을 전공한 시인답게 언어 고민이 남다르다. 최소한의 기표에 이면의 의미를 압축해 넣는다. 날렵한 묘사로 하나의 상황을 순식간에 벗어나는 그의 시에서 우리는 숱한 행간을 만나고, 그때마다 잠시 머뭇거리게 된다. 시인은 발설했으므로 이미 과거의 것이 된 언어로부터 벗어나는 언어 운용을 하고, 생략되고 비약된 저 너머를 추상하면서도 다시금 현실로 돌아와 발밑을 살핀다. 이전의 언어를 벗어나야만 새로운 언어를 생산할 수 있는 힘은 역설적이게도 이전의 언어가 있기에 가능하다. 더욱 첨예해지고 깊어질 이후의 시에서는, 자타 간 관계의 고통과 갈등에 더 깊이 천착하는 시적 행보를 기대해본다.

金孝俶 | 문학평론가

푸른사상 시선

1 **광장으로 가는 길** | 이은봉 · 맹문재 엮음
2 **오두막 황제** | 조재훈
3 **첫눈 아침** | 이은봉
4 **어쩌다가 도둑이 되었나요** | 이봉형
5 **귀뚜라미 생포 작전** | 정원도
6 **파랑도에 빠지다** | 심인숙
7 **지붕의 등뼈** | 박승민
8 **살찐 슬픔으로 돌아다니다** | 송유미
9 **나를 두고 왔다** | 신승우
10 **거룩한 그물** | 조항록
11 **어둠의 얼굴** | 김석환
12 **영화처럼** | 최희철
13 **나는 너를 닮고** | 이선형
14 **철새의 일인칭** | 서상규
15 **죽은 물푸레나무에 대한 기억** | 권진희
16 **봄에 덧나다** | 조혜영
17 **무인 등대에서 휘파람** | 심창만
18 **물결무늬 손뼈 화석** | 이종섶
19 **맨드라미 꽃눈** | 김화정
20 **그때 나는 학교에 있었다** | 박영희
21 **달함지** | 이종수
22 **수선집 근처** | 전다형
23 **족보** | 이한걸
24 **부평 4공단 여공** | 정세훈
25 **음표들의 집** | 최기순
26 **나는 지금 운전 중** | 윤석산
27 **카페, 가난한 비** | 박석준
28 **아내의 수사법** | 권혁소
29 **그리움에는 바퀴가 달려 있다** | 김광렬
30 **올랜도 간다** | 한혜영
31 **오래된 숯가마** | 홍성운
32 **엄마, 엄마들** | 성향숙
33 **기룬 어린 양들** | 맹문재
34 **반국 노래자랑** | 정춘근
35 **여우비 간다** | 정진경
36 **목련 미용실** | 이순주
37 **세상을 박음질하다** | 정연홍
38 **나는 지금 외출 중** | 문영규
39 **안녕, 딜레마** | 정운희
40 **미안하다** | 육봉수
41 **엄마의 연애** | 유희주
42 **외포리의 갈매기** | 강 민
43 **기차 아래 사랑법** | 박관서
44 **괜찮아** | 최은묵
45 **우리집에 왜 왔니?** | 박미라
46 **달팽이 뿔** | 김준태
47 **세온도를 그리다** | 정선호
48 **너덜겅 편지** | 김 완
49 **찬란한 봄날** | 김유섭
50 **웃기는 짬뽕** | 신미균
51 **일인분이 일인분에게** | 김은정
52 **진뫼로 간다** | 김도수
53 **터무니 있다** | 오승철
54 **바람의 구문론** | 이종섶
55 **나는 나의 어머니가 되어** | 고현혜
56 **천만년이 내린다** | 유승도
57 **우포늪** | 손남숙
58 **봄들에서** | 정일남
59 **사람이나 꽃이나** | 채상근
60 **서리꽃은 왜 유리창에 피는가** | 임 윤
61 **마당 깊은 꽃집** | 이주희
62 **모래 마을에서** | 김광렬
63 **나는 소금쟁이다** | 조계숙
64 **역사를 외다** | 윤기묵
65 **돌의 연가** | 김석환
66 **숲 거울** | 차옥혜
67 **마네킹도 옷을 갈아입는다** | 정대호
68 **별자리** | 박경조
69 **눈물도 때로는 희망** | 조선남
70 **슬픈 레미콘** | 조 원
71 **여기 아닌 곳** | 조항록
72 **고래는 왜 강에서 죽었을까** | 제리안
73 **한생을 톡 토독** | 공혜경
74 **고갯길의 신화** | 김종상
75 **고개 숙인 모든 것** | 박노식
76 **너를 놓치다** | 정일관